Ferdinand Hornstein

Gedichte

Ferdinand Hornstein

Gedichte

ISBN/EAN: 9783743667457

Hergestellt in Europa, USA, Kanada, Australien, Japan

Cover: Foto ©Andreas Hilbeck / pixelio.de

Weitere Bücher finden Sie auf **www.hansebooks.com**

Gedichte

von

Ferdinand *Freiherr v.* von Hornstein.

Stuttgart.
Druck und Verlag von Greiner & Pfeiffer.

Inhalt.

	Seite
An einen Freund meines Vaters	V
In den Dolomiten	1
Sonntag auf dem Ätna	2
Am Gardasee	4
Westminsterabtei	5
Am Niagarafall	6
Das einsame Licht	8
Schlaflose Nacht	9
Dämmerung	11
Der alte Leierkasten	12
Guter Rat	13
Erinnerung	14
Spiel der Wellen	16
Armes Mädchen	17
Am andern Morgen	18
Vignette	19
Einer Unbekannten	20
Ein Herz, aus dem die Liebe floh	21
Beim Verbrennen von Liebesbriefen	23
In meiner Vicunadecke	24

IV

Aus dem Gesellschaftsleben.

	Seite
Heimfahrt vom Ball	29
Talmi	30
Auf einen Fächer	31
p. p. c.	32
Komödie	33
Die Massenmörderin	34
Die frommen Sünder	35
Wortspiel	36
Die Freundinnen	37
Die kranke Polin	38
Novelle	39
Roman	41
I. Ein gefährlicher Mensch	42
II. Ein ungefährlicher	43
Erzherzog „Meier"	44
Herr von Stapelstein	45

Aus dem südamerikanischen Gesellschaftsleben.

I. Auf der plaza in Tacna	47
II. Aus Bolivia.	
Auf der Straße	50
Auf dem Ball	51
Melgarejo I.	52
„ II.	54
„ III.	58

Tagebuch zur See.

Eine Reise nach Südamerika	63

An einen Freund meines Vaters.

Als ich zur Abenddämmerzeit
Heim durch die Alameda ritt
Und am Tacora meilenweit
Der Nebel schwer herniederglitt,
Vernahm ich deiner Stimme Klang
Vom Cordillerenübergang.

Ja mein Gehör war immer gut,
Das hab' ich deutlich jüngst erprobt,
Als um mich her die Meeresflut
Im Herbstgewittersturm getobt:
Da konnt' ich durch des Sturmes Wehn
Der Heimat feinsten Laut verstehn.

VI

Die Wellen stürzten aufs Verdeck
Und schäumten um der Maste Rohr,
Dann hoben sie aus dem Versteck
Das Schiff hoch in die Luft empor;
Die Möven kreischten übers Meer —
Da klang es friedlich zu mir her.

Auch Worte, die schon längst verweht,
Vernahm ich aus dem Sturmgebraus,
Sanft und versöhnend wie Gebet,
Und sprach sie in die Nacht hinaus —
Da tobte wilder nur die Flut,
Doch mir war wundersam zu Mut.

Du weißt, wie diese Stimme heißt,
Sie sprach zu dir in Freud und Not;
Doch mir erschien sein milder Geist
Im Sturmeswüten als Pilot —
Da senkte sich des Schiffes Mast
Vor diesem wunderbaren Gast.

VII

Der Anker riß sich klirrend los,
Die Schraube surrte aus dem Meer,
Und rings erscholl das Sturmgetos
Wie Schöpfungsjubel um ihn her ...
Da ward es still — die Sonne schien —
Sei mir gegrüßt und denk' an Ihn!

Tacna, Chile.

In den Dolomiten.

Wie ihr phantastisch in die Lüfte steigt
Im Sonnenglanze wie im Wetterblitzen,
Verrückte Zinnen, wildgezackte Spitzen,
Als hätt' ein Dämon euch im Rausch erzeugt!

Komm her, unselige Menschheit! Tritt herein!
Hier ist dein sinnlos Treiben abgespiegelt:
Des Tiefsinns Nacht, der Hoffnung Dämmerschein,
Der Leidenschaften Flammen ungezügelt —
Unsinn und Nichts als Stempel draufgesiegelt:
Hier mußt du lachen oder elend sein.

Sonntag auf dem Ätna.

Zehntausend Fuß über dem Meere!
Unter mir der gewaltige Ocean,
Über mir die unendliche Leere,
In blaugrünschimmerndes Licht getaucht!
Allfeiertag! Nur der Ätna raucht
Und wirft seine Dämpfe himmelan
Bis sie ihr glühendes Antlitz verhüllen
Und verschwimmen auf flüssiger Wolkenbahn.
Und wie im Bücken zu erreichen,
Zu meinen Füßen aus dem Nebelglanz
Hebt sich Siziliens lichter Städtekranz.
O hehres Schauspiel ohnegleichen!
Und doch ist's nur der Geiz der Üppigkeit,
Der allem diesen Reiz verleiht,
Durch den die Schönheit ihre Siege feiert:
Daß sie im höchsten Rausch der Sinnlichkeit
Dem wonnetrunknen Auge sich verschleiert.
Es ist das Glück des ewig Ahnungsvollen;
Weshalb wir nimmer glücklich werden sollen,

Weil wir den Becher bis zur Neige leeren,
Das Wunderbare stets entschleiern wollen
Und seinen tiefsten Zauber selbst verwehren.
Allwunderwerk! Ich seh den Wolken zu,
Die auf Catania niederschweben — — —
Still! Wer erfüllt mein Herz mit süßem Beben?
Wer ruft mich an? Verlorne, bist es du?
O tiefes Glück, das plötzlich mich befällt!
Vergangenheit, du bist es, tiefstes Leben,
Lebendigstes! O laß in dieser Welt
Des Friedens heut in deinen heil'gen Schleiern
Die müde Seele ihren Sonntag feiern!

Am Gardasee.

Dieses Küssen, dieses Kosen,
Wo den Kranz die Myrte flicht;
Worte flüsternd hingesprochen —
Holder Ort der Flitterwochen,
Lächelnd bricht man deine Rosen
Wie man seine Schwüre bricht!

Westminsterabtei.

Was blickst du mit so finsterem Gesichte?
Ist denn die Welt so ernst, die in dir ruht?
Ich raste gern in deinem Dämmerlichte
Vom Sturm und Drange dieser Lebensflut.

Du hehres Heiligtum der Weltgeschichte!
Wie zur Versöhnung für des Towers Blut
Bewachst du hier unsterbliche Gedichte
Und krönst die Weisheit und den Heldenmut.

Und von den lichten Geistern wie im Leben
Getrennt, vergittert hinter Eisenstäben
Liegt die vergangne tote Herrschermacht;

Ein Moder dringt aus diesen Sarkophagen,
Wenn um die Stirnen, die den Lorbeer tragen,
Die Sonne glänzt und Lenz und Lied erwacht.

Am Niagarafall.

Stumm stand ich vor dem Wunder der Natur
Mit blödem Menschenangesicht
Und von dem Donnerwort, das sie zur Felsenwand
Geheimnistief hinunterspricht,
Vernahm ich nur den Lärm, das dumpfe Rauschen nur.
Und da ich keine Mittel fand
Ihr das Geheimnis abzulauschen,
So ließ ich zum Vergleich die ganze Flut
Von Menschenschönheit, Kraft und Heldenmut
Im Geist an mir vorüberrauschen.
Doch alles schien mir kläglich, arm und klein.
Indem ich so betrachtend stand,
Halb in Bewund'rung, halb in Schmerz versunken,
Erglänzten von der Sonne letztem Schein
Durch einen Nebelschleier, seidenfein,
Die diamantnen Wasserfunken.
Da fielen mir der Menschen Thränen ein,
Die ohne Prunk und ohne Grollen
Bald über Wangen, hart und kummerbleich,

Bald über Lippen, rot und weich,
Still, unaufhaltsam niederrollen.
Da löste sich vor meinem Blick
In diesem ungeheuren Thränenlauf
Ein jedes irdische Geschick
In reinsten Glanz und vollste Schönheit auf.
Und frei von allem Erdenwahn
Und unbekümmert um der Menschen Heil
Fing ich gedankenlos zu weinen an . . .
Da hatt' ich an der ewigen Schönheit Teil.

Das einsame Licht.

O Kinderzeit!
Mit Blütenflocken
Der Weg beschneit,
Sonntagsglocken=
  geläut.

Verstohlen
Wartet schon Amor am Kirchenthor;
Da klingen leise in den Chor
Wie im Traume nur
  Violen
  d'amour.

Nach der Kindheit leuchtender Zuversicht,
Nach dem holden Zwielicht der Liebe,
Erinnerung, — einsam Licht! —

Schlaflose Nacht.

Wie vor der letzten großen Nacht
Die kleinen Nächte sich noch dehnen!
Wie breit sich jede Stunde macht,
Mit offnem Mund mich anzugähnen!

Das windige Minutenpack
Anstatt die Runde abzulaufen,
Steht da, die Hand im Hosensack,
Vom Tagesdienste zu verschnaufen.

Und die Sekunden gehn herum
Als hätten sie die Zeit gestohlen,
Der Augenblick sieht zweimal um
Bevor er sich von mir empfohlen.

Die Zeit hinsegelnd auf dem Sarg
Bleibt plötzlich im Moraste stecken,
Die Tiere, die die Flut verbarg,
Seh' ich auf trocknem Land verrecken.

Die Nixen liegen frech am Strand
Und suchen, statt vor mir zu fliehen,
Bei dem geringen Wasserstand
Mich nieder in den Schlamm zu ziehen.

Da wird der Weltsarg wieder flott,
Die Nixen schwimmen mit dem Aase,
Ein Wecker rasselt wie zum Spott
Und Stimmen schallen von der Straße.

Dämmerung.

O Sehnsucht, eitle Träumerin!
Du Irrlicht heimatloser Seelen!
Wo führst du die Gedanken hin?
Und warum kommst du mich zu quälen?

Ich seh' hinaus ins Dämmerlicht,
Ein leiser Regen thaut hernieder —
Da kommt ein altes Traumgesicht
Zu mir heran und grüßt mich wieder.

Das wird auf einmal zu Musik,
Zu fremden, sphärenhaften Klängen,
Und lausch' ich, kommt ein süßer Blick
Der Töne Bilder zu verdrängen.

Der alte Leierkasten.

Das Leben ist ein Leierkasten,
Verstimmt, verwittert, rauh und hohl,
Gedreht von Bettlern und Dynasten,
An Armut gleich und gleich an Lasten:
Wer ausgedreht hat, dem ist wohl.

Und drehn ihn Christen oder Heiden,
Er leiert stets dasselbe Stück:
Neid, Haß, Enttäuschung, Kampf und Scheiden,
Ein jeder Ton ein andres Leiden,
Und der nicht angeht, ist -- das Glück.

Guter Rat.

Forscht nicht, was alles ist und soll,
Und nehmt die Dinge wie sie liegen!
Es hat der Arzt gar schonungsvoll
Der Krankheit Namen uns verschwiegen.

Seht erst wie man die Speisen macht!
Dann wird die Lust euch dran vergehen.
Das eben ist der Trost der Nacht,
Daß wir sie nicht bei Tage sehen.

Erinnerung.

Mir ist als müßt' ich dich noch grüßen
Eh' dieses schöne Jahr verklingt,
Das mir in stillem Nachgenießen
Noch einmal all' die wundersüßen
Lichttage meiner Sehnsucht bringt.

Bekränzte Barken seh' ich gleiten
Im Dämmerscheine durch das Meer,
Und wie ein Gruß aus alten Zeiten
Weht mild Palermos Abendläuten
Vom sagenreichen Eiland her.

Und doch wie trüb sind die Gefilde,
Wie glanzlos ist ihr Sonnenlicht,
Da nun in dieses heiße, wilde,
Ruhlose Herz der frühlingsmilde
Strahl deiner schönen Augen bricht!

In deinen Frohsinn, in dein Lachen
Mischt nimmer sich die Klage ein,
Die düstre Freundin nur der Schwachen;
Dein Los ist andre fröhlich machen
Und selbst ein Kind des Glückes sein.

Ich aber seh' die Zukunft fließen
Und höre wie die Parze singt:
„Es folgt die Trauer dem Genießen".
Und darum will ich dich noch grüßen
Eh' dieses schöne Jahr verklingt.

Spiel der Wellen.

Das Eis ist starr wenn wild im Grund
Die Woge treibt.
Dein Herz ist starr, wollüstig bebt dein Mund.

So seelenlos und leer
Klingt deiner Stimme Ton
Wie eine Muschel, deren Leben längst entflohn,
Und macht das Herz mir vorweltahnungsschwer.

Das Eis ist starr wenn in der Tiefe
Die Woge treibt.
Dein Herz ist still, als ob es schliefe.

Armes Mädchen.

Armes Mädchen! Schüchtern fast,
Wie ein Kind so stillbescheiden
Trägst du deines Lebens Last,
Deine Schönheit, deine Leiden.

Und aus deinen Augen spricht
Doch ein Leben tiefsten Kummers,
Tage ohne Sonnenlicht,
Nächte ruhelosen Schlummers.

Um dein Antlitz, wunderbar,
Um das Leid vergangner Tage
Breitet sich dein dunkles Haar
Wie der Zukunft dunkle Frage.

Am andern Morgen.

Nun ist das Fest verrauscht, nun bist du fort.
Verklungen ist dein Lied, verhallt dein Wort.

Am Fenster steht dein Glas, ich trink' den Rest
Und fluch' dem Glück, das sich nicht halten läßt.

Scheu schleicht der Tag sich in das Treppenhaus;
Die Nacht an deinem Arm sah heller aus.

Und frag mein Herz, ob es nicht froher schlug,
Eh' es der Liebe wilde Wonnen trug?

Vignette.

In der Zeit der ersten Minne
Und des ersten heißen Strebens
Schlangenhaft um meine Sinne
Wanden deine Reize sich;
Heute an derselben Stätte
Um den Inhalt meines Lebens
Noch als reizende Vignette
Schlingst du liebes Mädchen dich.

Einer Unbekannten.

Was frommt's, den Dingen auf den Grund zu sehn,
Daß man das Ende leer und häßlich finde?
Nimm dieses Blatt noch im Vorübergehn
Als Gruß und übergieb es dann dem Winde!

Der Schönheit Huldigung ist mein Beruf,
Und wär' er's nicht, ich würde doch nicht schweigen.
Wenn Gott der Welt zur Freude dich erschuf,
Darf doch die Welt dir ihre Freude zeigen.

Und war auch meine still und flüchtig nur,
— Im Lärm der Welt verstummt ein leises Pochen —
Vielleicht bewahrt sie deine liebe Spur
Mir länger doch, als wenn sie laut gesprochen.

Ein Herz, aus dem die Liebe floh.

Ein Herz, aus dem die Liebe floh,
Ist wie ein ausgebranntes Haus;
Man wird des Lebens nimmer froh,
So öd und leer sieht alles aus.

Einst war's ein heimliches Asyl
Von Freuden, still und weltentrückt,
Da noch der Träume Gaukelspiel
Die kahlen Wände ausgeschmückt;

Da leuchtend noch von Traum zu Traum
Die Hoffnung ihre Fäden zog,
Von jedem Stern im Himmelsraum
Ein Lichtgedanke niederflog.

O Schmerz, der sich nicht schildern läßt,
Wenn dies Entzücken uns geraubt
Und die Erinnerung den Rest
Aus Staub und Schutt zusammenklaubt!

Viel lieber noch voll Jugenddrang
Im ersten Feuer untergehn
Als aus dem Fenster lebenslang
Auf eine Welt in Trümmern sehn!

Beim Verbrennen von Liebesbriefen.

Irdische Erinnerungen
An der Jugend Übermut,
Wie den Flammen ihr entsprungen,
Geb' ich euch zurück der Glut!

Wie das Feuer alles reinigt
Von Verschulden und Verdacht,
Sinke, was durch euch bescheinigt,
In Vergessenheit und Nacht!

Was die böse Fama leise
Über eurer Asche spricht,
Ohne schriftliche Beweise
Hilft ihr alles Flüstern nicht.

Denn die Wahrheit hält verborgen
Ihren Finger vor den Mund,
Und befreit von Angst und Sorgen
Kichert sie von Herzensgrund.

In meiner Vicuñadecke.

Wie glühend hab' ich oft geschwärmt
Für Dinge, die ich nie besaß,
Wie tief hab' ich mich abgehärmt
In Sorgen, die ich längst vergaß! —
Gleich weit von Glück und Leide
Sitz' ich in meinem warmen Fell
Und lächle über beide.

Hier weiß ich, daß kein Schein mich trügt
Und daß ich der Besitzer bin,
Mit meinen Händen stillvergnügt
Streich' ich liebkosend drüber hin
Wie weichen Windes Wehen
Fern über'm Titicacasee
Im Sonnenuntergehen.

Ach, wenn man so darüberstreicht
Nach einer sanften Melodie,
Erscheint das Leben uns so leicht,
Die Schöpfung eitel Harmonie.

Um alles auszugleichen,
Muß man nur immer mit dem Strich
Und nicht dagegen streichen.

Und wenn mich der Humor verließ,
Die Wirklichkeit nur Trübes weiß,
Dann webt sich um mein goldnes Vließ
Der wunderreichste Sagenkreis
Von selbsterlebten Mären
Und Bildern, die ich staunend sah
Am Fuß der Cordilleren.

Nur nächtlich fängt das seidne Haar
Geheimnisvoll zu knistern an
Und blitzt so hell und wunderbar
Wie Leuchten auf dem Ocean.
Dann aus dem Funken schlagen
Die Geisterflammen wieder auf
Von Hoffen und Entsagen.

Aus dem Gesellschaftsleben.

Heimfahrt vom Ball.

Tiefer als im Lichterglanze
Fühl' ich deine holde Macht,
Wenn du müd von Spiel und Tanze
Heimfährst durch die Winternacht.

Wenn um deine bleichen Wangen
Kaum ein Hauch des Lebens weht,
Nur ein Lächeln, traumumfangen,
Deiner Sinne Glut verrät.

Dunkel wallt dein Haar hernieder,
Aber Blumen, licht und rein,
Hüllen kosend deiner Glieder
Reizendes Geheimnis ein.

Und ich frage mich vergebens,
Was dir diesen Reiz verleiht,
Ob die Freuden dieses Lebens
Oder die Vergänglichkeit?

Talmi.

Nichts ist echt in diesem Haus;
Selbst aus deinen schönen Augen
Sieht ein falsches Herz heraus.

Alles Blendwerk, Trug und Schein;
Auch dein silberhelles Lachen
Scheint im Innern hohl zu sein.

Arme Lüge, kurzer Wahn!
Wenn die Gäste fortgegangen
Fängt die bittre Wahrheit an.

Auf einen Fächer.

Wär' ich so lustig wie Sie es sind,
Ich ließe mir nicht Autographen schreiben:
Die schöne Zeit verweht wie der Wind,
Wozu mit dem Fächer sie noch vertreiben?

p. p. c.

Zum letztenmal! Bang stand ich im Salon
Und sann, was Stolz und Eifersucht vermochten.
Sie kam, wir grüßten uns mit kühlem Ton
Und hörten fast, wie unsre Herzen pochten.

Dann hielten wir noch einen Schlußsermon,
In dem wir herzlos unser Recht verfochten;
Doch in die Nebensätze wurden schon
Auch minder harte Worte eingeflochten.

Und alles, was die Liebe nie gewagt,
Hat rücksichtslos der Zorn herausgesagt,
Das Liebste auch — die Dämmrung kam indessen.

Und als ich Abschied nahm — für eine Nacht,
Hat jedes an das Liebste nur gedacht,
Und alles andre hatten wir vergessen.

Komödie.

Wir spielten eine kleine Weile
Und überlegten jedes Wort,
Nun gehn wir hinter die Coulissen
Zurück mit ruhigem Gewissen
Und spielen dort mit Andern fort.

So geht es weiter bis ans Ende:
Man ist so rücksichtsvoll und gut,
Man will sich nur vor Leid bewahren
Und bringt sich in den schönsten Jahren
Um Jugendglück und Lebensmut.

Sobald wir voneinandergehen
Sinkt alles in Vergessenheit,
Kein Wort der Liebe weckt aufs neue
Die Sehnsucht auf, nicht Schuld noch Reue
Bewahrt den Schatten dieser Zeit.

Die Massenmörderin.

Wer ist die allerliebste Dame,
Die schäkernd dort im Herrenkreis
Von allen Andern so infame
Geschichten zu erzählen weiß?

Sie scheint nicht bissig, nicht beleidigt
Und sagt dabei kein böses Wort,
Sie ist voll Mitleid, sie verteidigt
Und lästert doch in einem fort.

So scherzt sie mit dem süßen Mündchen
Und lacht und piepst und tiriliert,
Und hat in einem Viertelstündchen
Die ganze Hauptstadt massakriert.

Die frommen Sünder.

Lustig wie nach guten Werken
Leben sie wie Spreu im Wind,
Ohne selber es zu merken,
Daß sie beide schuldig sind.

Und das Täuschen und Belügen,
Heucheln, Trug und falschen Schwur
Halten sie schon für das Fügen
Einer göttlichen Natur.

Gläubig beten sie am Morgen,
Daß sie sich am Abend sehn,
Und des Nachts, daß sie verborgen
Wieder voneinandergehn.

Kann es denn den Himmel kränken,
Wenn er zwei so glücklich sieht?
Nein, er wird in Gnaden lenken
Was auch ohne ihn geschieht.

Wortspiel.

Er sprach: du hast in deinem Leben
Dir schon so mancherlei vergeben,
Darum vergieb mir selber nun
Das kleine, harmlose Vergehen!
Es ist von Herzen gern geschehen,
Ich will's gewiß bald wieder thun.

Sie sprach: dein Handeln war vermessen,
Doch weil du dich so sehr vergessen,
Daß du an mich gedacht allein,
Will ich als Buße nur verlangen,
Daß du, wenn du zu weit gegangen,
Mir künftig möchtest näher sein.

Die Freundinnen.

Zu einem Mädchen, vielumschwärmt,
Das selbst die Liebe stets verborgen,
Sprach ihre Freundin: „Wie verhärmt
Und bleich du bist! du machst mir Sorgen.

Dein frischer Teint ward welk und fahl,
Auch die Figur hat abgenommen;
Nimm doch Arsenik oder Stahl,
Du mußt zu neuen Kräften kommen."

„Ach," seufzt das Mädchen leis, „wozu?
Die viele Kraft bringt mich herunter;
Ich wollt' ich wär' so schwach wie du,
Dann wär' ich bald gesund und munter."

Die kranke Polin.

Sie thut und läßt was ihr behagt, —
Was soll sie sich noch lang verstellen?
Der Doktor hat ihr ja gesagt,
Sie zähle zu den schweren Fällen.

Sie blickt so kühn und spricht so frei
Von allen Dingen auf der Erde —
Sie denkt sich weiter nichts dabei,
Als daß sie doch bald sterben werde.

Sie lacht und wälzt sich keck im Gras
Und trällert leichte Melodieen —
Was macht's, daß sie dabei vergaß
Vorher ihr Kleid herabzuziehen?

Und liebt sie, wer es immer sei,
Sie wird ihm keine Gunst versagen.
Bald kommt der Tod und spricht sie frei —
Wer wagt es da sie anzuklagen?

Novelle.

Wie kommt's, daß Sie bei Ihrem Verstand
Nicht Karrière gemacht?
Sehr einfach, gnädige Frau! — Es war einmal
Ein toller, lustiger Karneval —
Sie erinnern sich vielleicht noch der letzten Nacht
Von den vielen, da ich Sie heimgebracht.
Wir haben manch' schönes Wort gesprochen,
Aber eines wollte nicht heraus
Und hätte mir fast das Herz gebrochen.
So kamen wir vor Ihr Haus.
Ein Augenblick noch — dann alles vorbei!
Alle die schönen glücklichen Stunden!
Der Schlüssel knarrte — eins, zwei — drei.
O wie bitter!
Sie waren verschwunden
Und ich stand am Gitter.
Aber nein! Noch sah ich Sie weitergehn,
Sie schienen zu zögern — blieben stehn —
Wie leicht war das Gitter zu übersteigen!

Doch — sollte wer kommen und uns sehn?
Des Ritters Pflicht! Des Mädchens Ehre! —
Da lag das Haus in tiefem Schweigen...
Das ist das Bild meiner ganzen Karrière:
So bin ich in allem, was ich unternommen,
Nicht über das Gitter hinweggekommen.

Roman.

Er galt als Mann von überlegnem Geist,
Sie war, was man beauté du diable heißt.

Sie lebten in geselligem Verkehr.
Er gab den Geist, sie ihre Reize her.

Als einst sein guter Ruf durch sie bedroht,
Erbarmte sich sein Freund und schoß ihn tot.

Als er dann einzog in die beßre Welt,
War seine Ehre wieder hergestellt.

Doch ward dafür sein Geist ihm aberkannt
Und er dortselbst als Kritiker verwandt.

I.

Ein gefährlicher Mensch.

„Haben Sie einen Augenblick Zeit?"
„Was wollen Sie, daß ich thue?"
„Was halten Sie von der Unsterblichkeit?"
„Ach, lassen Sie mich in Ruhe."

„Ich sehe an Ihrem gereizten Ton,
Sie sind nicht versiert in der Frage.
Wie denken Sie über den Luftballon
Und die politische Lage?"

„Zum Teufel, lassen Sie mich los!
Ich muß in die Oper gehen."
„So sagen Sie mir in Kürze bloß,
Wie Sie zu Wagner stehen?"

II.

Ein ungefährlicher.

Auch ich will einen Gesellschaftsstaat
Mit freiheitlichen Ideen,
Wo freies Wort und freie That
Sich frei ins Auge sehen.

Ich will im stillen Volk und Heer
Für meinen Plan gewinnen,
Und dann — was will ich dann noch mehr? —
Lassen Sie mich besinnen — — —

Erzherzog „Meier".

Er war ein Prinz aus kaiserlichem Blut
Mit feinen Sitten, höflich und bescheiden,
Und jeder, der ihn kannte, war ihm gut
Und mocht' ihn leiden.

Da trieb ihn eines Tags der Größenwahn,
Dem Titel und der Herkunft zu entsagen,
Er ging und nahm den Namen Meier an,
Den viele tragen.

Durch diesen Namen ward er rasch bekannt
Und bald ein übermütiger, eitler Schreier,
Der jedem zurief laut und arrogant:
„Ich heiße Meier".

Herr von Stapelstein.

Wer ist der Herr dort, der erregt
Den Damen einen Vortrag hält
Und seine Stirn in Falten legt,
Als forscht' er nach dem Grund der Welt?
    Das ist der Herr von Stapelstein,
    Der gründet einen Kunstverein,
    Man spricht von ihm bei groß und klein,
    Er soll auch musikalisch sein ...

Er kam aus einer fremden Stadt
Und nahm sich hier ein Atelier,
Und weil er keine Arbeit hat,
So bildet er ein Comité.
    Das flößt den Leuten Achtung ein,
    Der Mann muß unternehmend sein,
    Er gründet einen Kunstverein
    Und hat vom Malen keinen Schein.

Das Comité bestimmt das Ziel
Und die Statuten des Vereins,

Man trinkt dabei und redet viel
Zumal vom Kunstsinn Stapelsteins.
  Die ersten Namen, reich und fein,
  Nimmt er in sein Programm hinein,
  So bildet bald ein lichter Schein
  Sich um den Namen Stapelstein.

Und einstens geht er still davon,
Und der Verein kommt nie zu stand,
Es gab so manchen Gründer schon,
Der später unbemerkt verschwand
  So wie der Herr von Stapelstein,
  Der hat vom Malen keinen Schein,
  Drum gründet er den Kunstverein,
  Der bringt ihm viele Ehren ein,
  Die ersten Namen, reich und fein,
  Nimmt er in sein Programm hinein,
  Er soll auch musikalisch sein ... u. s. w.

Aus dem südamerikanischen Gesellschaftsleben.

I.
Auf der plaza in Tacna.

Welch ein Drängen und Gewühle
Nach des Tages träger Schwüle!
Wie in einer Gletschermühle
Dreht der Schwarm sich fortgesetzt,
Und die Mädchen in der Runde
Mit den Blüten hold im Bunde
Strömen Duft durch die Rotunde,
Die ein Brunnen lau benetzt.

Von dem Dufte, von dem Stäuben
Lassen sie sich sanft betäuben,
Daß sie sich nicht lange sträuben,
Wenn man sie verfänglich neckt,
Und sie abends das verwerten,
Was bei Tag die selbst verehrten

Mütter durch ihr Beispiel lehrten
Oft am nämlichen Objekt.

Wie sie tändeln, wie sie schlendern
In den luftigen Gewändern,
Lachend die Methode ändern,
Wenn sie ihren Zweck verfehlt,
Zierlich bald den Körper wiegen,
Bald sich aneinanderschmiegen,
Um den Gleichmut zu besiegen,
Der die Männer rings beseelt!

Denn, die Augen halb geschlossen,
Bald verächtlich, bald verdrossen,
Machen diese ihre Glossen
Über alles, was sie sehn,
Wo die Männer unsrer Zonen
Immer loben, preisen, schonen
Und den Mädchen so betonen,
Daß sie nichts vom Kauf verstehn.

Wenn sie heut' noch lange träumen,
Werden sie die Zeit versäumen —
Unter den Magnolienbäumen
Wandelt schon die Nacht entlang.

Doch sie haben nichts verloren,
Lockend aus den offnen Thoren
Klingen schon an ihre Ohren
Tanzmusik und Gläserklang.

II.

Aus Bolivia.

Auf der Straße.

„Sehn Sie den dicken Herrn im Wagen?"
„Gewiß, der so vergnüglich lacht?"
„Der hat einst einen totgeschlagen
Und dann sein Geld an sich gebracht.

Es war sehr schwer ihm zu beweisen,
Des Toten Reichtum war sein Glück,
Er ging dann kurze Zeit auf Reisen
Und kam als Ehrenmann zurück.

Und wenn ihm jetzt in späten Tagen
Noch einer taktlos davon spricht,
Daß er geraubt und totgeschlagen,
Dann sagt er: Glauben Sie das nicht."

Auf dem Balle.

In dem kahlen Steingehäuse
Tanzen sie so dichtgedrängt,
Kriechend wie die kleinen Läuse,
Die man untertags sich fängt.

Und ein kleiner Europäer
Wird bewitzelt und belacht,
Weil er manchmal bei dem Dreher
Einen kleinen Hopser macht.

Denn er steht nicht auf der Höhe
Bolivianischer Kultur:
Hüpfen dürfen hier die Flöhe,
Alles andre krabbelt nur.

Melgarejo.

I.

Melgarejo, fromm und bieder,
Drang einst ein in den Palast,
Schoß den Präsidenten nieder
Und hielt folgenden Toast:
„Tot ist Belzu! Gott vergebe
Was er jemals Schlimmes that,
Melgarejo aber lebe,
Der an seine Stelle trat!

Bin ich so von Gottes Gnaden
Herrscher dieses Landes auch,
Seid ihr dennoch eingeladen
Jetzt zur Wahl nach Recht und Brauch.
Alte Sitte will ich schützen
Und des Rechtes starren Lauf!"
Seine Wahl zu unterstützen
Fuhr er dann Kanonen auf.

Keiner trotzte seinem Grimme,
Tausendfacher Beifall scholl.
„Volkes Stimme, Gottes Stimme!"
Rief er jetzt bedeutungsvoll.
Ging dann zur Juana Sanchez,
Einem Mädchen in der Stadt,
Und er that bei ihr noch manches,
Was man nicht erfahren hat.

II.

Diese löbliche Juana,
Ehrendame in der Stadt,
War die keuscheste Susanna
Ehe sie gesündigt hat.
Da sie einst durch ihn gefallen,
Hob er drum sie jetzt empor,
Stellte sie bei Hofe allen
Festlich als Mätresse vor.

Die Minister voll Reserve
Hielten sich im Hintergrund;
Darum gab er jetzt mit Schärfe
Ihnen seinen Willen kund:
„Eure Ehrfurcht auszudrücken
Geb' ich euch Gelegenheit;
Geht und küßt sie auf den Rücken
Jetzt in Unterthänigkeit!"

Als zu dieser Ehrbezeigung
Alles vorbereitet war,
Nahte drauf sich mit Verneigung
Ziemlichst die Ministerschar.

Und die ganze Jungferngilde,
Alle Mädchen von La Paz
Äußerten bei diesem Bilde
Ungebärdig ihren Spaß.

Der Minister für das Inn're
Trat als Erster jetzt hervor,
Sprach: „Soviel ich mich erinn're,
War das niemals mein Ressort."
Drauf mit glatter Schmeichelrede
Kam ein Diplomat galant,
Sprach: „In diesem Staat ist jede
Stelle lieb mir und bekannt.

Als Minister, Chef des Äußern
Hielt ich stets auf feinen Ton,
Übernahm bei höchsten Häusern
Allerwerteste Mission."
Beugte dann sich zierlich nieder,
Spitzte seine Lippen leis
Zu dem Kuß und kehrte wieder
Lächelnd in den Damenkreis.

Der Minister für den Handel,
Zwar an Jahren nicht mehr jung,

Doch von flottem Lebenswandel,
Sprach: „Für Meistbegünstigung,
Wie ich heute sie erfahren
(Und er beugte schnell sich tief),
Gab ich in den jüngsten Jahren
Keinen Minimaltarif."

Der Justizchef, ein Philister,
Sprach mit fetter Bonhomie:
„Manchen Akt schon als Minister
Sah ich, aber solchen nie.
Und bei Rechtsanomalieen
Stets mein erster Grundsatz war's,
Alles an das Licht zu ziehen:
Videatur alt'ra pars!"

Intendent für Kultuszwecke,
Der fast nie zu Hause schläft,
Früher Weinwirt an der Ecke,
Wegen Kuppelns vorbestraft,
Sprach, behaart am ganzen Leibe,
Im Bewußtsein seiner Pflicht:
„An so hoher Stelle treibe
Man so niedren Kultus nicht!"

So kam jeder augenblicklich
Melgarejos Auftrag nach,
Während er dazu noch schicklich
Sachgemäße Worte sprach.
Nur dem Kriegschef, der im Feuer
Der Kanonen nie geflohn,
War die Sache nicht geheuer,
Und er schlich sich leis davon.

III.

Mariano Melgarejo,
Heldenhafte Lichtgestalt!
Heute noch mit lautem Echo
Durch das Land dein Name schallt.
Mit dem Herzen fest wie Eisen
Trugst du frommen Sinn gepaart,
Nur dein Mittel „zu beweisen"
War von sonderbarer Art.

Wenn dir einer widersprochen,
Ließest du ihn ganz allein,
Sperrtest zu und nach vier Wochen
Stimmtet stets ihr überein.
Wie der Papst aus der Enklave
Ging sein Urteil so hervor,
Ohne Fehl, wenn nicht der Brave
Beim „Beweis" den Kopf verlor.

Als der britische Gesandte
Einst voll Würde widersprach,
Wähltest du ihm das bekannte
Übelriechende Gemach.

Aufgehängt drei lange Tage
Blieb er dort, verstört und bleich;
War auch peinlich seine Lage,
Die Europas blieb sich gleich.

Wie der königliche Bote
Kläglich auch um Gnade rief,
Keine Diplomatennote
Drang heraus aus dem Archiv,
Keine Drohung und Beschwerde,
Daß das Völkerrecht verletzt,
Jenes dunkle Fleckchen Erde
Blieb von Albion besetzt.

Später ward die That gerochen
Von der Großmacht am Kanal
Und der Umgang abgebrochen,
Drauf der Bote sich empfahl.
Als sich England so gereinigt,
Ward mit Würden nach der That
Auch sein Sohn, den man gepeinigt,
Neubekleidet durch den Staat.

Tagebuch zur See.

Eine Reise nach Südamerika.

7. November.

(Antwerpen.)

Um elf Uhr früh an Bord der Denderah.
Fünf Passagiere, miserables Wetter.
Mit diesem Kasten nach Amerika?

8. November.

Noch immer wegen Nebels in der Schelde.
Und heute ist Theater in der Stadt!
Was macht man auf dem Schiff mit seinem Gelde?

9. November.

Gottlob, jetzt scheint das Schiff sich zu bewegen! —
Ein ungewohntes, seltsames Gefühl!
Ich will mich lieber etwas niederlegen.

10. November.

Den ganzen Tag am Vorgebirg von Brest.
Der Wind wird stärker. In die Rauchkabine
Schlägt eine Welle, die mich ganz durchnäßt.

11. November.
Die Schwankung zeigt fast 42 Grade,
Der Steward hat schon dreimal aufgedeckt. —
Ach, um die Speisen ist es gar nicht schade!

12. November.
Das Wasser hat die Ställe heut zertrümmert,
Der ganze Wochenvorrat schwimmt im Meer.
Mich läßt die Nachricht gänzlich unbekümmert.

13. November.
Die Tenderah bleibt auf dem Flecke stehn.
Die kleine Kaufmannsgattin aus Tomé
Frägt jeden, ob wir heute untergehn.

14. November.
Dem Geist des Weisen scheinen sie zu gleichen,
Wenn durch die sturmbewegten Wellenberge
Die Möven mit den weißen Flügeln streichen.

15. November.
Der Sturm hat sich gelegt, im Sonnenschein
Erglänzen rings die weißen Wogenkämme...
Auf welcher Höhe werden wir jetzt sein?

16. November.

Göttlicher Hunger nach so langem Fasten!
Ein Schweinsfisch sichtbar — alles stürzt auf Deck —
Der Schiffsarzt holt den Photographenkasten.

17. November.

Die Bilder haben leider sehr gelitten.
Der Arzt war zu nervös, da sich vorher
Ein Heizer etwas in die Hand geschnitten.

18. November.
(In der Nähe der canarischen Inseln — insulae fortunatae.)

Glückselige Inseln! Eine leise Klage,
Die Wirklichkeit von allem Erdenglücke,
Verrät mir schon den Ort der schönen Sage.

19. November.

Canaria!
Du sonnig Friedenseiland
Dem Wanderer, der nach dem Sturm dich sah!

Du Palmenstadt
Mit deinen ernsten Frauen!
Kein Auge sieht an deinem Glanz sich satt.

San Luz!
Wer war nicht heiter, der hier Anker warf?
Wer fühlt nicht Schmerz, der von dir scheiden muß?

20. November.

Am Fockmast hängt ein gelbes Vogelhaus
In einem Kranz von Datteln und Bananen.
Das ganze Deck sieht wie ein Garten aus.

21. November.

Der Himmel glänzt nach Sonnenuntergehen
In einem gelblichroten Dämmerschein.
Lautlose Nacht. Die Welt schleicht auf den Zehen.

22. November.

Scherz und Gelächter schallt aus muntrem Kreise —
Da wird es still ... die Spieluhr auf dem Tisch
Spielt eine heimatliche Weise.

23. November.

Man glaubt, man wäre im Schlaraffenland:
Um neun Uhr kam ein Fisch an Bord geflogen,
Der schon um zehn Uhr auf der Tafel stand.

24. November.

Man hat schon von der Hitze viel zu leiden.
Der Schiffsarzt läßt sich drum vom Kapitän
Zur öffentlichen Schau die Haare schneiden.

25. November.

Qualvolle Nacht. Ein schwüler Tropenregen
Dringt durch die offne Lucke. Hätt' ich nur
Ein einziges Kleidungsstück noch abzulegen!

26. November.

Ein Kapitän ist wirklich zu beklagen.
Auch wenn das Wetter klar und ruhig ist,
Be"stürmt" ein jeder ihn mit dummen Fragen.

27. November.
(Äquator.)

Um 12 Uhr 50 — feierliche Stunde! —
Zum erstenmal die Linie passiert.
Die Pfeife tönt. Und aus dem Hintergrunde

Erscheint Neptun mit Ofer angeschmiert,
Mit blondem Bart in weißem Nachtgewande.
Und ähnlich wie er selber kostümiert

Folgt Amphitrite ihm und seine Bande.
Verwundert seh' ich nach dem ganzen Spuke,
Indes ein Meergeist nach dem Sonnenstande

Mit dem Sextanten schaut und von der Luke,
Auf der Neptun inzwischen sich postiert,
Aus einem großen Buch mit Riesendrucke

Ein andrer meinen Namen laut citiert.
Dann werd' ich sanft zu einem Sitz geleitet,
Mit einem Maurerpinsel eingeschmiert,

Rasiert und auf die Taufe vorbereitet.
„Einmal," meint sanft der Greis, „trifft's uns ja alle,
Den früh, den spät." Bei diesen Worten gleitet

Das Sitzbrett unter mir in leisem Falle
Mit meinem Körper in ein Wasserbecken
Bei Tusch, Musik und lautem Jubelschalle.

Das Resultat war außer diesem Schrecken:
Ein Paar verdorbne helle Sommerhosen,
Ein dunkler Überrock mit lauter Flecken

Und abends Freibier noch für die Matrosen.

28. November.

Manch ästhetisches Gemüte,
Das von Zartsinn überfließt
Und von reinster Herzensgüte,
Zürnt, wenn es das Letzte liest,
Weil ich dort auf Hosen reime
Und in seinem Rosenheime
Es vom Honigposenseime
Hoher Poesie genießt.

Selbst der Geist, der an normale
Kost gewöhnt ist, ruft empört:
„Seht, wie man die Ideale
Unsrer Kindheit uns zerstört!"
Ideale? — Aberglauben,
Gliederpuppen, Geistesschrauben,
Poesie der „Gartenlauben"
Und was sonst dazu gehört.

29. November.

Ein stillbefruchtend, schmeichelndsüßes Weh
Kommt über meinen Geist wie Tropenregen.
Ich las in einem Buche von Musset.

30. November.

Der Schiffsarzt schreibt an seinen Memoiren.
Da alles, was er schreibt, in Büchern steht,
Will er als Manuskript sie aufbewahren.

1. Dezember.

Vom Himmel fällt ein Stern mit lichtem Strahl
Ins Meer. Im Osten liegt sein Märchen,
Sankt Helena: Es war einmal.

2. Dezember. Abends.

Das Wasser leuchtet hell. Man spricht nach Tische
Vom Zauber und der Poesie des Meeres.
Der Schiffsarzt meint, das wären „faule Fische".

3. Dezember.

Mein Bart ist hart und stachlich wie die Flossen
Des Hais, an dem der erste Maschinist
Mit seinem Flaubert jüngst vorbeigeschossen.

4. Dezember. Nachts.

Mein Kopf ist heiß, mein Magen öd und hohl,
Ein Bild des Jammers lehn' ich an der Railing.
Der Schiffsmann ruft: An Bord ist alles wohl.

5. Dezember.
(Geburtstag meines Vaters.)

Die ewigen Wellen plauschen,
Die ewigen Winde rauschen
Im Alltlang der Natur —
Die Menschen aber hören
Aus allen Himmelschören
Die eigne Stimme nur.

Nur du bist unbefangen
Durchs Leben hingegangen,
Fast deiner ungewahr;
Und doch die eignen Wege wandelnd,
Und nach erhabnem Vorbild handelnd,
Das uns in dir nur offenbar.

6. Dezember.

Südliches Kreuz! Wie du glänzt manche Dame
Als Stern in Deutschland am Theaterhimmel
Durch Hemisphärenreize und Reklame.

7. Dezember.

Die See geht hoch, die Albatrosse streichen
Unheimlich lauernd an den Raaen hin
Als teilten sie sich schon in unsre Leichen.

8. Dezember.

Wenn die Grammatik nur moderner wäre!
Heut frug ich eine Spanierin im Traum:
"Mein Fräulein, haben Sie die Lichtputzschere?"

9. Dezember.

Das Meer ist seicht und hellgrün wie der Rhein,
Und aus der Tiefe meiner Seele schimmert
Dein Bild wie ein versunkner Edelstein.

10. Dezember.

Nenn Grabe wieder! Beste aller Welten!
Das ist der zweite Winter in vier Wochen!
Viel ärger ist es auch in Deutschland selten.

11. Dezember.

Fontainen spritzen auf und eine Kette
Von unbeholfnen Wallen schwimmt mit uns
Wie übermütige Kinder um die Wette.

12. Dezember.

Gedankenvoll — nervöse Spannung. Sieben
Und zwanzig Stunden noch! Der Schiffsarzt frägt
Mich ganz verstört, ob ich schon heimgeschrieben.

13. Dezember.

Ein schmales graues Band liegt ausgestreckt
Am fernen Horizont. Dahinter tauchen
Sandhügel auf, die leichter Schnee bedeckt.

14. Dezember.

Aus Holz, wie aus der Schachtel aufgestellt,
Liegt Punt' Arenas im Gestrüpp und Sande,
Die südlichste, einsamste Stadt der Welt.

15. Dezember.

(Magelhaensstraße.)

Blaugrüne Gletscher hängen tief hernieder
Ins Meer. Die Ufer, die das Wasser scheidet,
Verbindet kühn ein Regenbogen wieder.

16. Dezember.

(Smithkanal.)

Manchen Schmerz hatt' ich vergessen
Seit ich stumpf in Seelenqual
Angelehnt am Mast gesessen
Bei der Fahrt durch den Kanal,

Wo ein loser Nixenreigen
Kichernd unser Schiff umschlang
Und der Ton der Liebesgeigen
Sanft von Frankreichs Ufer klang.

Ach, und auch die nächste Plage,
Als ich wieder aß und schlief,
Jene tropenheißen Tage,
Wo ich um Erbarmen rief:
Alles schien vorbei, in Gnaden
Löste sich ein jeder Drang,
Bis die Liebe ihren Faden
Grausam schwärzlich um mich schlang.

Und mit dankerfüllten Mienen
Sah ich auf zum Sternenheer.
Doch wie schmerzlich! Unter ihnen
Fand ich keine Freunde mehr.
Wieder sah ich zu der Erde
Von der Sterne fremdem Lauf,
Doch von wilder Menschen Herde
Qualmten offne Feuer auf.

Freilich dann im Sonnenscheine
Schienen sie nicht halb so wild,

Und besonders fand ich eine
Wie ein zartes Frauenbild.
Bei dem Keifen und Gebelle
Um sie her im Rindenkahn,
Sah sie in dem Seehundfelle
Sinnend unsre Welt sich an.

Und in holdem Gegensatze
Grinste ihre Nachbarin
Mit der allerliebsten Fratze
Auf Tabak und Kleider hin.
War es für die kleinen Jungen,
Die ich noch im Boote sah?
Denn sie selbst stand ungezwungen
Nur in Wildenunschuld da.

Und zu diesem Prachtjuwele,
Dessen Wert ihr unbewußt,
Trug sie eine weiße Seele
Unter ihrer braunen Brust.
Schien ich da dem Feuerländer
Nicht der roheste Barbar,
Wenn der Mangel der Gewänder
Mir ein Grund zur Feindschaft war?

Darum stieg ich an den Planken
Nieder zu dem braunen Lieb,
Als ihr Boot mit leichtem Schwanken
Her zu unsrem Schiffe trieb.
Eine Hand hielt ich am Seile,
Eine streckt' ich nach ihr aus ...
Doch — da trieb der Kahn in Eile
Wieder in das Meer hinaus.

Schon benetzt den Fuß die Welle
Und ich klett're rasch hinan,
Hastig schleudr' ich meine helle
Sommerhose in den Kahn.
Und mit lachender Gebärde
Warf sie ihre Knochenschnur,
All ihr Gut auf dieser Erde
Hin mir, als ich weiterfuhr. —

Meerverschollene Idylle
Aus der Menschheit Kinderzeit!
Tief ins Land versteckt und stille
Liegt die Meerflut weit und breit.
An den steilen Gletscherwänden,
Wo kein Echo sich verlor,

Hinter Inseln und Geländen
Lugen stille Wasser vor.

Sinnend bei der andern Lachen
Lehnt' ich an des Schiffes Rand,
Langsam trieb der kleine Nachen
Wieder heim nach Feuerland.
Einsam und vom Meer umschlungen
Steigt es nächtlich aus dem Flor
Dämmernder Erinnerungen
Ernst und geisterhaft empor.

17. Dezember.

Die kleinen Buchten möcht' ich rings durchfahren
Und all die ungekannten stillen Plätze
Nach Menschen nennen, die mir teuer waren.

18. Dezember.

Was ist geschehen?
Stopt die Maschine?
Seltsam! Sie drehen
Plötzlich nach Nord.
Rennen und schauen;
In die Kabine

Dringt es mit Grauen:
„Mann über Bord!"

Fing er die Boje?
Sieht man ihn schwimmen?
Eben aufs neue
Taucht er empor.
Hoch von den Raaen
Rufen die Stimmen,
Daß sie ihn sahen,
In wirrem Chor.

Aber schon wieder
Stürzen die Wogen
Über ihn nieder —
Banger Verlauf!
Lange Sekunden
Sind schon verflogen —
Bleibt er verschwunden,
Kommt er herauf?

Fort in der Runde
Dreh'n wir und drehen,
Stunde um Stunde,
Der Tag verstreicht...

Keins von den Booten
Hat ihn gesehen —
Schon bei den Toten
Ruht er vielleicht.

Aber vertrauend
Prüfen wir, immer
Schauend und schauend
Mit trügendem Blick
Ernst und geduldig
Jeglichen Schimmer,
Jeder wie schuldig
An seinem Geschick.

Hat vor uns allen
Der Hai ihn gesehen?
Oder zerkrallen
Die Vögel ihn?
Hat schon im letzten
Augenverdrehen
Gott dem Entsetzten
Gnade verlieh'n?

Gnad' ihm! Wir fahren —
Furchtbares Sterben,

Muß er mit klaren
Sinnen es schau'n,
Eh' ihn, verlassen
In seinem Verderben,
Wahnsinn erfassen
Und Todesgrau'n!

19. Dezember.
(Coral.)

Durch Frühlingsau'n — ist das dieselbe Welt? —
Wandl' ich entzückt zu einer Felsenhöhle,
Von der das Grün in Zweigen niederfällt.

20. Dezember.
(Coronel.)

Das Trottoir ist wirklich sehenswert:
Ein Haufen Staub mit einem Brett am Rande,
Von feinen Schleppen täglich abgekehrt.

21. Dezember.
(Lota.)

Aus Kohlendünsten steigt ein Paradies
Von Bäumen auf und märchenhaften Blumen,
Als ob ein Zaubrer es erscheinen ließ.

22. Dezember.
(Concepcion.)

Ist niemand da, den ich um Auskunft bitte?
Ich glaube in der Seitengasse dort ...
Ach nein, das war das Echo meiner Schritte.

23. Dezember.
(Valparaiso.)

Gottlob, die erste Nacht auf trocknem Land!
Zwar fühl' ich auch im Bett dasselbe Schwanken,
Und langsam neigt sich über mir die Wand

Im selben Winkel wie des Schiffes Planken;
Nur daß ich dort mich hingelegt und schlief,
Hinschlummernd ohne weitere Gedanken,

Als daß der Himmel blau, das Wasser tief
Und unser Schiff in vierundzwanzig Stunden
Nur hundertneunundneunzig Knoten lief.

Und was ich heut allein gedacht, empfunden,
War so verwickelt schon, so hoch und hehr,
Daß mein Gehirn es mühsam überwunden;

Der ganze Ballast, den ich in das Meer
Geworfen, taucht mit einemmale wieder
Empor und macht Gehirn und Herz mir schwer.

Schon daß kein Brief gekommen, drückt mich nieder.
Kann es denn sein? — Unmöglich. — Einerlei,
Es ärgert mich. Man hat Familienglieder,

Sie feiern Weihnacht und man fehlt dabei.
Weihnacht bei dieser Glut! Es klingt wie Fabel;
Und der Gedanke, daß es möglich sei,

Von hier in wenig Stunden durch das Kabel
Zu depeschieren nach der Heimatstadt,
Ist ebenso sublim wie miserabel,

Wenn man dazu nicht auch die Mittel hat.
Ja, wenn ich von den lyrischen Gedichten
Soviel erhielte für ein ganzes Blatt

Als für ein Kabelwort hier zu entrichten,
Ich kabelte vom Morgen bis zur Nacht
Aus Übermut die närrischsten Geschichten.

— — — — — — — — — —

Ach Gott! Jetzt bin ich wieder aufgewacht.

24. Dezember.

O Tag voll Stimmung und voll Poesie!
Zu schön, um ihn in Phrasen anzusingen! —
Wir aßen heut zum Frühstück Sellerie

Mit Mais, Kartoffeln, Fleisch und andern Dingen,
In einer Brühe, Cazuelasuppe
Genannt, die sie mit Wolluft hier verschlingen.

Dann fuhren wir bergan die Hügelgruppe,
Die kahl und staubig um die Stadt sich zieht,
Durch kleine Schluchten bis zur höchsten Kuppe,

Von der man Stadt und Hafen übersieht;
An Villen hin, in die in Abendstunden
Der Städter vor dem Straßenlärm entflieht,

Und die ein Aufzug mit der Stadt verbunden.
So stand auch ich, nachdem der Tag entflohn
Und aller Drang der Welt von mir geschwunden,

Stillsinnend auf dem Cerro Concepcion.
Aus einem schlanken Kirchlein, matterhellt,
Drang leiser Orgelton — — —

Dann stieg ich wieder nieder in die Welt,
Zum Platz Echauren, wo um die Estrade,
Die für die Solotänzer aufgestellt,

Das Volk mit „Punsch und Milch" und Maskerade
„Buena noche" feiert. Aller Blick
War auf das Paar gerichtet, das gerade

Das Holzgerüst emporstieg. Streichmusik
Scholl aus dem Brettverschlag zu ebner Erde,
Und als der Tänzer oben voll Geschick

Noch mit verführerischer Tanzgeberde
Sein Sacktuch schwang, die Tänz'rin zu besiegen,
Sah man die andern drunten auf der Erde

Schon traulich zechend bei einander liegen.

25. Dezember.

Um 5 Uhr nach Santiago abgereist.
Verspätung weil (als Weihnachtsüberraschung
Von lieben Händen) unser Zug entgleist.*

---

* Von Anhängern Balmacedas, die am Vorabend der Einsetzung des neuen Präsidenten in der Nähe von Santiago das Geleise zerstörten.

26. Dezember.
(Santiago.)

Ein Luftloch in der Decke, kahle Wände —
Für Mimen zwar mag das Hotel sich eignen,
Denn statt zu klingeln, klatscht man in die Hände.

27. Dezember.

Den Trambahnwagen lenken hier die Frauen —
Beim Eintritt in die erste fremde Welt
Mußt' ich mich ihrer Leitung auch vertrauen.

28. Dezember.

Ein jedes Hausthor ist ein Bilderrahmen,
In dem man einen kleinen Vorhof sieht
Mit Blumen, Papageien und jungen Damen.

29. Dezember.
(Valparaiso.)

Wir gingen heute mit dem Kapitän
(Das heißt der Arzt und ich) bei Dunkelheit
Um uns das Mädchenviertel anzusehn,

Das sonst nur der Vergnügungssucht geweiht.
Und dennoch, als wir durch die offnen Thüren
Des Hauses sahn (wir hatten keine Zeit

Die innern Räume lange auszuspüren),
Da sahn wir einen jungen blonden Mann
Mit einem Buch, der ohne sich zu rühren

In einer Ecke saß und dann und wann
Mit einem Mädchen an dem andern Ende
Ein kurzes ernstes Zwiegespräch begann.

Als ich darauf zum Kapitän mich wende,
Verwundert, daß ein Mensch an solchem Fleck
Zwecklos sein Geld und seine Zeit verschwende,

Da las ich erst aus unserem Versteck
Auf seinem Lesebuch den Namen „Sauer"*)
Und ich erriet sofort den ganzen Zweck.

Der junge Mann war erst seit kurzer Dauer
Im Land, um wie die andern auch sein Glück
Zu machen, doch sein Herz war voll von Trauer.

Allein und fremd war er ein kleines Stück
Die calle Esmeralda durchgegangen,
Dann schlich er wieder langsam sich zurück

*) Spanische Grammatik.

Und kam mit seinem Buch nach einem langen
Umweg, den er gemacht, an dieses Haus,
Wo ihn das kleine Mädchen abgefangen.

Jetzt ruht er sich von seinem Irrweg aus
Und nimmt bei der Chilenin spanische Stunden.
Wo hätt' er sonst so spät bei Nacht und Graus

Noch solche liebe Unterkunft gefunden?
Drei kleine Zimmer, freundlich, hoch und hell,
Zu ebner Erde, unter sich verbunden,

Daneben eine Speise, wo man schnell
Das beste Bier bekommt, gekühlt im Eise,
Und auch nicht teurer als im Hotel.

Für wenige Pesos trinkt auf diese Weise
Der junge Mann, wenn er bescheiden ist,
Sein Bier am Abend im intimsten Kreise.

Und statt als Menschenfeind und Pessimist
Sich mit der Welt und Gott herumzuzanken,
Lernt er auch Spanisch noch in kurzer Frist.

Und dafür soll er seinem Schöpfer danken.

30. Dezember.

„Das Schönste ist die Freiheit hierzulande,"
Sprach heut' der Chef von einem Handelshause
Im Klub. „Uns alle fesseln gleiche Bande."

Ein Gast, der dies gehört, trat nach dem Schmause
Erstaunt zum selben Chef heran und rief:
„Wo ist Herr B...?" indem er eine Pause

Benützte und die Reihen schnell durchlief.
„B...?" frug der Chef und zog die Augenbrauen
Zusammen, „B...? — Wir sind sehr exclusiv —

Bedenken Sie — schon wegen unsrer Frauen.
Sonst käme jeder in den Klub herein."
Der Gast begann ihn, lächelnd, zu durchschauen:

„Die Freiheit, Lieber, habt ihr nicht allein
In Chile hier," sprach er nach einer Weile.
„Nach oben macht sich jeder gern gemein

Und nur nach unten hat er Vorurteile."

31. Dezember.

Wir fahren still durch die Sylvesternacht — — —
Es ist kein Schmerz in unsrem Erdenleben,
Den nicht die Zeit uns lieb und teuer macht.

Die Sterne schimmern feucht. In trautem Kreise
Umgeben die verlornen Jahre mich,
Und Glocken der Erinn'rung läuten leise.

Wie? Wenn nach diesem süßen Leidensspiele
Uns die Erinn'rung an dies ganze Leben
Mit hoffnungsloser Sehnsucht überfiele?

1. Januar.

Im Meßraum ruft die Mannschaft "Prost Neujahr!"
Wie wohl thut so ein derbes Seemannslachen,
Wenn man vorher in höh'ren Sphären war!

2. Januar.
(Antofogasta.)

Beim blutigen Fleisch in einem Metzgerstand
Sah ich heut' Obst und frische Blumen liegen.
Im Kirchhof stehen Stecken nur im Sand.

3. Januar.

Wir machten einen Ritt in eine Schlucht
Und trafen in der Wildnis einen Alten
Mit struppigem Haare, der nach Kupfer sucht.

4. Januar.

Die Mutter läßt, als letzte Mutterpflicht,
Den toten Säugling noch photographieren
Und macht für ihn ein freundliches Gesicht.

5. Januar.

So blutig sank die Sonne nie ins Meer.
O Nacht, gieb alle deine Schrecken
Und deine düstren Schauer her,
Des Tages Grauen zu bedecken!

Von frischvergoßnem Blute riecht
Der Boden und verglaste Augen stieren,
Und grinsend kriecht
Der Tod herum auf allen Vieren.

Ein weißes Segel hängt vom Mast herab
Und drunter liegt, der vor vier Wochen
Im Maskenspiel die Amphitrite gab,
Von Mörderhand im Streit erstochen.

Ein einsam Windlicht brennt am Totenzelt.
Daneben — schauerliche Rache —
An einem Pflock gefesselt, hält
Der Mörder selber Totenwache.

O stille, grauenvolle Nacht!
Lösch' deine Lichter aus und brich dein Schweigen!
Kannst du ein Bild, das alle schaudern macht,
So ruhig zeigen?

Du schweigst Erhabne? Wohl, im Tod ist Ruh';
Doch Qual und Reue wacht daneben.
So drück' auch ihm im Schlaf die Augen zu,
Bis einst des Schlafes Bruder ihm vergeben.

6. Januar.
(Iquique.)

Der Leichenschauer sagt nach seiner Art:
Wenn man die Leiche über Bord geworfen,
So hätte man „much truble" ihm erspart.

7. Januar.

Der Hafen ist beflaggt weil Volksfest ist.
Wir streiken, weil die Schiffe zum Begräbnis
Die Trauerflagge gestern nicht gehißt.

8. Januar.
(Arica.)

Seehunde liegen zum Empfange da
Auf sonnigen Klippen. Barken nah'n vom Lande.
Fahr wohl, du alte liebe Denderah!